# CHANSONS.

## AUX BEAUCERONS.

*Air du Ménétrier de Meudon.*

Allons, vite! gais Beaucerons,
En avant les joyeux flonflons;
Allons vite! gais Beaucerons,
Animez-vous par des chansons.

Quelquefois, sur l'herbette
Si vous dansez en rond,
Pour plaire à la fillette,
Chantez ferme et d'aplomb.
Qu'un décent badinage
S'allie à vos plaisirs,
Et bientôt la plus sage
Comblera vos désirs.
Allons, vite! etc.

Le soir à l'assemblée,
Quand vos jarrets sont las,

1

Pour finir la journée
Prenez d'autres ébats :
Alors la chansonnette
Vous électrisera,
Et chacun, en goguette,
En chœur répétera :
Allons, vite ! etc.

Dans tous les temps vous fûtes
Braves et bons grivois ;
Vos aïeux les Carnutes
Le furent autrefois.
Vous saurez, je l'espère,
Imiter leurs beaux faits ;
Le vice dégénère,
Mais la vertu, jamais.
Allons, vite, etc.

Votre pays, fertile
En fruits, en blonds épis,
N'est pas non plus stérile
En beaux et grands esprits.
Ils ont, par leur science,
Su convaincre et charmer ;
Par la reconnaissance
Sachez les célébrer.
Allons, vite ! etc.

Marceau , que la victoire
Se plut à couronner ,
Allait chercher la gloire
Sans craindre le danger :
Ce fils de la vaillance ,
En volant aux combats ,
Bouillant, plein d'espérance ,
Répétait aux soldats :
Allons , vite ! etc.

Regnier le satirique ,
Dont les vers sont connus,
Savait, par sa critique ,
Fronder tous les abus ;
Mais quand de la satire
Il déposait le fouet ,
Il se prenait à rire
En chantant ce couplet :
Allons , vite ! etc.

Pour la cour et la ville ,
Panard, vif et malin ,
Créa le vaudeville
Et le joyeux refrain.
Notre pays s'honore
De ses brillans succès ,
Et chacun chante encore
Ses immortels couplets.

Allons, vite! gais Beaucerons,
En avant les joyeux flonflons ;
Allons, vite! gais Beaucerons,
Animez-vous par des chansons.

~~~~~~~~~~~~~~~~~~~~~~~~~~~~~~~~~~~~

# LES SAUTEURS.

Air : *Quels sont vos talens, mam'selle.*

Que de *sauteurs* dans ce monde,
De dupes, de charlatans !
Partout cette troupe abonde
Chez les petits et les grands.
Lucas fait *sauter* Glicère,
Paul fait *sauter* des chevaux ;
Un amant, dans sa colère,
Fait *sauter* tous ses rivaux ;
On fait *sauter* l'homme en place
Pour introduire un intrus,
Et l'agioteur rapace
Fait *sauter* nos bons écus.

Les partis ont leur principe ;
L'un, en enfreignant les lois,
Fit *sauter* la république,
L'autre fit *sauter* les rois ;

L'ambitieux téméraire,
Avide d'or et d'encens,
Pour monter au ministère
Fait *sauter* ses concurrens;
L'orgueilleux dont l'impudence
Est un des premiers besoins,
Par-dessus la bienséance
Voudrait *sauter* à pieds joints.

Quand la fortune est rebelle,
Le joueur, trop mécontent,
Se fait *sauter* la cervelle,
Seul remède à son penchant;
Le créancier qui regorge,
Sans égard pour le malheur,
S'en vient *sauter* à la gorge
De son pauvre débiteur;
Plein de ruse et de malice,
Le charlatan dangereux
Nous fait, pas son artifice,
*Sauter* de la poudre aux yeux.

Aux rives du Rhin, du Tage,
On vit jadis nos guerriers,
Pleins de gloire et de courage
Moissonner tous les lauriers;
Ils donnèrent mille preuves,

Guidés par leurs étendards,
Qu'il savaient *sauter* des fleuves,
Faire *sauter* des remparts.
Si des hordes étrangères
Osaient encor nous braver,
Nos soldats, comme leurs pères,
Sauraient les faire *sauter*.

Puisqu'ici-bas tout succombe,
Ecoutez bien mes raisons :
Avant d'être sous la tombe
Faisons *sauter* les bouchons ;
Faisons *sauter* la grisette,
Le fripon et l'insolent ;
Faisons *sauter* l'omelette,
Le poulet et l'éperlan :
Pour paraître plus aimables
A l'approche du trépas,
Faisons *sauter* tous les diables
Qui nous font *sauter* le pas.

# NE VOUS Y FROTTEZ PAS.

Air : *Ne vous déguisez pas.*

Heureux amant qu'amour enflamme,
Êtes-vous épris d'une femme
Aux doux attraits, au cœur aimant,
    Soyez constant :
Si son humeur dure et sauvage
Repousse un décent badinage
Et des procédés délicats,
    Ne vous y frottez pas.

Ventrus, effrontés parasites,
Vous qui n'avez d'autres mérites
Que de bien boire et bien manger
    Jusqu'au gosier,
Auprès d'une table frugale,
Des excès indigne rivale,
Quand on ne sert qu'un ou deux plats,
    Ne vous y frottez pas.

Vils intrigans, hommes d'affaires,
Qui pour augmenter nos misères
Prélevez de gros intérêts
    Sur nos effets,

Craignez qu'un jour on ne signale
Ces coups portés à la morale ;
De Thémis redoutez le bras ;
 Ne vous y frottez pas.

Esprits rétifs, atrabilaires,
Près des monumens funéraires
Versez des pleurs, charmez vos goûts
 Peu faits pour nous ;
Aux lieux où règne la folie,
La chanson l'aimable saillie,
Les plaisirs, les joyeux ébats,
 Ne vous y frottez pas.

Ecrivains au bon goût fidèles,
Dont les productions nouvelles
Charment, séduisent le lecteur,
 A vous l'honneur !
Mais vous qui, sans talens, sans grâce,
Voulez parvenir au Parnasse,
Tenez, je vous le dis tout bas,
 Ne vous y frottez pas.

Et vous, ennemis de la France,
Qui comptez pour de la vaillance
Le nombre par fois le plus fort,
 Vous avez tort :

N'approchez pas de nos murailles,
Contre nous, aux champs de batailles,
Souvent vous perdîtes vos pas ;
Ne vous y frottez pas.

~~~~~~~~~~~~~~~~~~~~~~~~~~~~~~~~

LE

# GÉRANT DE JOURNAL.

Air : *Moi, je flâne.*

Laissez faire ( *bis* ),
Dit un gérant tutélaire ;
Mon affaire
Est bien claire,
Mon budget
Sera complet.

Vous, mon premier rédacteur,
Pour augmenter la recette,
Taillez dans mainte gazette,
Soyez *Corsaire* et *Voleur.*
Lancez-vous une chronique
Dont vous vous dites l'auteur,
Feignez d'être véridique
Pour mieux tromper le lecteur.
Laissez faire, etc.

Dites que les Polonais,
Les peuples de la Belgique,
Ceux d'Espagne et de l'Afrique
Veulent devenir Français :
Montrez-nous l'Europe en armes,
Le trouble dans les palais ;
Puis après, séchez nos larmes
Par la gloire et ses attraits.
       Laissez faire, etc.

Aujourd'hui républicain
Et demain franc royaliste,
Saisissez à l'improviste
Ce qui vous paraît certain ;
Et si telle ou telle chance
Détermine un mouvement,
Vite, écrivez que la France
Désirait un changement.
       Laissez faire, etc.

Déchirez à belles dents
Les œuvres de la police,
Les arrêts de la justice,
Et les prouesses des grands :
Mais, si l'on vous dit coupable,
Evitez un jugement ;
Faites amende-honorable ;

Rétractez-vous promptement.
> Laissez faire, etc.

Pour varier vos sujets,
Quittez-vous la politique,
Parlez théâtre, musique,
Science et colifichets.
Voulez-vous paraître digne
De juger en homme fin ?
Flattez un jour Delavigne
Et Hugo le lendemain.
> Laissez faire, etc.

Enfin, mon cher rédacteur,
Voilà quel est mon système :
Employer le stratagème
Pour obtenir la faveur ;
Tour-à-tour prôner, médire,
Travailler sans nul effort ;
Chaque jour se faire lire,
Et remplir mon coffre-fort.

> Laissez faire (*bis*),
> Dit un gérant tutélaire ;
> Mon affaire
> Est bien claire,
> Mon budget
> Sera complet.

# LE MARI REGRETTÉ.

Air : *De sommeiller encor, ma chère.*

Que ma position est triste !
Je viens de perdre mon mari ;
Dieu me l'enlève à l'improviste
Celui que mon cœur a chéri.
Pourtant il était peu traitable ,
Toute sa vie il le prouva.
Du reste , c'était un bon diable ,
Il n'avait que ce défaut-là.

Le jour de notre mariage
Il me promit d'être constant ;
Plus tard, il cessa d'être sage ,
Pour une autre il eut du penchant :
Dès lors il ne fut plus aimable ,
Son astuce se dévoila.
Du reste, c'était un bon diable ,
Il n'avait que ce défaut-là.

Pour le billard ou la roulette,
De tout il faisait de l'argent,
Hardes , linge , bijoux , toilette,
Disparaissaient en un instant :

Dans son ardeur insatiable,
De mon bien il me dépouilla.
Du reste, c'était un bon diable,
Il n'avait que ce défaut-là.

S'élevait-il une querelle,
De suite il y mettait le nez,
Et, pour faire preuve de zèle,
Se battait en déterminé.
Un jour, un bretteur indomptable
D'un coup de sabre le blessa.
Du reste, c'était un bon diable,
Il n'avait que ce défaut-là.

Le pauvre homme ne mangeait guère,
Mais en récompense il buvait,
Et fort souvent, dans sa colère,
Brisait les meubles qu'il trouvait:
Dans ce désordre épouvantable
Plus d'une fois il me rossa.
Du reste, c'était un bon diable,
Il n'avait que ce défaut-là.

Chacun sait que le bavardage
Avait pour lui certain attrait,
Qu'il ne cachait, selon l'usage,
Que les choses qu'il ignorait;
Car, dans son humeur charitable,

Plus d'un mystère il révéla ;
Du reste, c'était un bon diable,
Il n'avait que ce défaut-là.

Ses fredaines m'étaient connues,
Je feignais de les ignorer :
Si mon mari fit des bévues,
Je veux bien les lui pardonner.
Pous le jugement redoutable
Quand la trompette sonnera,
Il ne sera point condamnable,
Il n'avait que ces défauts-là.

## NE DORMONS PAS.

### Air : *Voilà Paris.*

Il faut que tout le monde vive,
Dit un adage d'autrefois ;
Aussi, toujours heureux convive,
Je mange, je chante, je bois.
Chacun, je pense, fait de même
Quand il voit arriver céans

> Mets friands,
> Eperlans,
> Ortolans
> Et faisans.

Suivons, amis, l'ancien système ;
Quand le rôti couvre les plats,
  Ne dormons pas. *(bis)*

Mondor, qui ne vit que d'intrigue,
A la Bourse a su parvenir;
Là, par la fraude et par la brigue,
Il est certain de réussir;
Quand il a bien rempli ses poches,
Il vise de suite aux grandeurs,
  Aux honneurs,
  Aux faveurs;
  Prend flatteurs
  Et prôneurs.
Pour nous garder de ses doigts croches,
Epier ses ruses, ses pas,
  Ne dormons pas.

Cupidon a plus d'une amorce
Pour nous prendre dans ses filets ;
Jamais il n'agit par la force,
La douceur dirige ses traits :
Mais bientôt son feu se propage,
Le cœur est frappé de ses cris ;
  Ses avis
  Sont suivis;
  Trop épris,
  On est pris.

Puisqu'il faut subir son servage,
Près de femme aux charmans appas
Ne dormons pas.

Tout prouve que rien ne retarde
Les pas précipités du temps,
Et que l'implacable *camarde*
Arrête le cours de nos ans;
Nous, chétifs enfans de la terre,
De nos peu de jours profitons;
Répétons
Des chansons;
Jouissons
Et buvons.
Avant de passer l'onde amère
Où nous trouverons le trépas,
Ne dormons pas.

~~~~~~~~~~~~~~~~~~~~~~~~~~~~~~~~~~~~~~~~~~

# LAISSEZ-MOI DORMIR.

Air : *Te souvient-il de la prairie.*

Au banquet où les plaisirs brillent,
Si j'entends le vin pétiller;
Si les mets délicats fourmillent,
Je ne demande qu'à veiller;

Mais quand le fumet du Tonnerre
Sur mes esprits se fait sentir,
Vaincu par ce doux somnifère,
Mes amis, laissez-moi dormir.

Lorsque le joyeux vaudeville
Offre sa piquante chanson,
Je sens se dégager ma bile
Et je suis gaî comme un pinson;
Mais quand *Poulailler* et *Cartouche*
Au boulevard viennent gémir,
Il me semble être sur ma couche;
Mes amis, laissez-moi dormir.

Au sermon, à l'Académie,
Quand j'entends de sots orateurs;
Lorsqu'aux dépens du vrai génie
On préconise les flatteurs;
Quand l'insensé cherche à défendre
Des abus qui faisaient rougir;
Pour ne plus voir, ne plus entendre,
Mes amis, laissez-moi dormir.

Long-temps les peuples de la terre
Virent briller notre étendard;
Mais un jour le dieu de la guerre
Favorisa le léopard.
Puisque trahi par la victoire,

2

Nos lauriers semblent se flétrir (1) ;
Pour rêver encore à la gloire ,
Mes amis , laissez-moi dormir.

Si de Plutus la main sévère
Fermait pour moi ses coffres forts ,
Jamais aucune plainte amère
Ne me ferait blâmer ses torts :
Par une sage prévoyance ,
Comptant toujours sur l'avenir ,
Sous les ailes de l'Espérance ,
Mes amis , laissez-moi dormir.

Dans peu j'aurai perdu la vie ;
Déjà je sens la faux du temps
Qui , de ma tête appesantie ,
Vient sillonner les cheveux blancs :
C'est vainement que je rappelle
Des jours qui sont près de finir ;
Du moins , au fond de ta nacelle ,
Cher Caron , laisse-moi dormir.

---

(1) Cette chanson a été faite en 1814.

# LE CABARET.

Air : *V'là c'que c'est qu' d'aller au bois.*

Assemblage de tous les rangs,
De sages et d'extravagans,
De rêveurs et de fort bons drilles,
   De garçons, de filles,
   D'honnêtes familles ;
En deux mots je le dis tout net,
  V'là c'que c'est que l'cabaret.

Toujours, en ce lieu séduisant
On peut voir un tableau mouvant ;
Chacun fait valoir sa personne ;
   Là-bas l'on raisonne,
   Ici l'on détonne ;
On babille, on est indiscret,
  V'là c'que c'est que l'cabaret.

Souvent, par de joyeux amis
Un gai rendez-vous est promis ;
On se jure amitié sincère
   En vidant son verre ;
   On se quitte en frère ;

De se revoir on se promet,
   V'là c'que c'est que l'cabaret.

De Bacchus le riant séjour
Sert par fois de temple à l'amour ;
On cajole une femme aimable,
     Douce, charitable,
     Et d'humeur traitable ;
C'est Goton, Catin ou Babet ;
   V'là c'que c'est que l'cabaret.

Lorsque la divine liqueur
Brouille le cerveau du buveur,
On se chamaille, on fait tapage,
     Et le cri de rage
     Prélude à l'orage ;
Puis on s'arrache le toupet ;
   V'là c'que c'est que l'cabaret.

Avec le vin certain auteur
Voulant retrouver sa chaleur,
Court au bouchon du voisinage,
     Boit le doux breuvage,
     Se met à l'ouvrage ;
Bientôt il en ressent l'effet ;
   V'là c'que c'est que l'cabaret.

Voulez-vous connaître le fin
Des cupides marchands de vin ?

Ils vous servent du vin de Brie
Coloré de lie
Pour du Malvoisie,
Du Surêne pour du Toket,
V'là c'que c'est que l'cabaret.

~~~~~~~~~~~~~~~~~~~~~~~~~~~~~~~~~~~~~~

# LE PAVÉ.

Air : *Comme on fait son lit on se couche.*

Je sais plus d'un auteur hupé
Qui chanta la verte fougère,
L'édredon et le canapé,
La mousse et la molle bergère :
Puisque tout sert à la chanson,
Messieurs, je vais donc vous apprendre
Que, sans dédaigner le gazon,
Sur le *pavé* je vais m'étendre.

L'on me dira que j'ai grand tort
Ou que je suis un pauvre apôtre ;
Mais je répondrai tout d'abord :
Pour moi ce siége en vaut un autre ;
Car dans le siècle où nous vivons,
Où tant de projets sont rebelles,
Combien de grandeurs nous voyons
Tomber le cul entre deux selles !

Parmi tant d'êtres importūns
Qui courent la chance commune,
Il en est pourtant quelques-uns
Qui savent fléchir la Fortune,
Et qui bientôt sur le *pavé*,
D'où par fois les bonds les repoussent
Font rouler leur wiski doré
Sur les passans qu'ils éclaboussent.

Le Destin qui gouverne tout
Offre de singuliers contrastes,
Et c'est sur le *pavé* surtout
Qu'il fournit des sujets bien vastes ;
Dans les mains d'un peuple exalté
Le *pavé* remplaça la foudre ;
Et, pour fonder la liberté,
Il réduisit un trône en poudre.

Sur le *pavé*, que de commis
Ont vu récompenser leur zèle ;
Sur le *pavé*, que de maris
Courent après leur infidèle ;
Sur le *pavé*, d'humbles talens
Promènent leur frêle existence ;
Sur le *pavé*, des charlatans,
Font valoir leur mince science.

Sur le *pavé*, ne voit-on pas

Plus d'un fou briser sa cervelle ;
Le malheureux tendre les bras ;
Le malotru chercher querelle ;
Le chanteur vendre ses couplets ;
Le buveur cuvant le surêne ;
Des farces et des colibets ;
Maintien décent, conduite obscène ?

Mais c'est assez me fatiguer ;
D'être durement je me lasse ;
Moi qui brûle de me lever,
A qui veut je cède ma place.
Je termine ici, pour raison,
Je crains de manquer de finesses,
Et de voir ma pauvre chanson
Sur le *pavé* voler en pièces.

# L'HOMME PROPOSE,

## ET DIEU DISPOSE.

Air : *Je n'avais pas encore aimé.*

Que sommes-nous, pauvres humains,
Sur ce globe immense et fragile ?
Nous traînons nos pas incertains
Et sur l'épine et sur l'argile.

Jetés ici-bas par le sort,
Nos volontés sont peu de chose ;
Car, pour arriver à bon port,
L'homme propose, et Dieu dispose.

Comptant sur un bel avenir,
Le laboureur chante, il espère :
« Nos blés, dit-il, sont à ravir
Et font l'ornement de la terre ».
Cet espoir dure peu d'instans,
Car, ô triste métamorphose !
La grêle ravage ses champs.
L'homme propose, et Dieu dispose.

A peine à l'âge de vingt ans,
Respirant l'amour de la gloire,
Edmond, avec nos vétérans,
Marche gaîment à la victoire :
Il veut gagner la croix d'honneur,
Pour la mériter il s'expose ;
Mais un boulet le frappe au cœur.
L'homme propose, et Dieu dispose.

Je veux aller au Sénégal,
Disait l'ambitieux Properce ;
Là, pour doubler mon capital,
En grand je ferai le commerce.
Cette entreprise lui sourit ;

A son projet rien ne s'oppose.
Il part.... l'océan l'engloutit.
L'homme propose, et Dieu dispose.

Rosine faisait l'ornement
Des fillettes de son village ;
En dépit de plus d'un amant
Elle promettait d'être sage :
Mais avec le beau Mathurin
Un soir elle perdit sa rose.
Pour une fille quel destin !
L'homme propose, et Dieu dispose.

Un malheureux, las de traîner
Une misérable existence,
Eut le dessein de se noyer
Pour mettre un terme à sa souffrance :
Près de rejoindre ses aïeux,
Il trouve une bourse bien close :
Adieu chagrin, il est heureux.
L'homme propose, et Dieu dispose.

Certain auteur assez connu,
Qui de lui-même est idolâtre,
Prétend être le bienvenu
Et briller sur notre théâtre :
Le soir arrive, on siffle fort ;
Chacun trépigne, crie et glose :

Son œuvre est condamnée à mort.
L'homme propose, et Dieu dispose.

Le bonheur a fui d'ici-bas,
Dit le philantrope sévère;
Ses rêves ne m'étonnent pas,
Puisqu'il voit tout à sa manière.
N'écoutons point les vains discours
De ce docteur dur et morose;
Profitons de nos peu de jours.
L'homme propose, et Dieu dispose.

# LES DINDONS.

### Air : *Petit bonhomme vit encor.*

Tous les auteurs ont leur manie,
Des sujets et des goûts divers :
Panard chante le vin, Sylvie,
Béranger, nos mœurs, nos travers.
Puisqu'ici-bas rien ne nous touche
Comme la gaîté, les chansons,
Moi, pour vous faire bonne bouche,
Je vais vous chanter les dindons.

On vit jadis en Amérique,
Des prêtres au pouvoir divin,

Répandre la foi catholique
Pour éclairer le genre humain :
Ne bornant pas leur bienfaisance
A convertir les fiers Hurons,
Ils dotèrent encor la France
De plusieurs couples de dindons.

Laissons les guerriers intrépides,
Méprisant l'horreur du trépas,
Jusques au pied des Pyramides
Porter la fougue des combats :
La gloire qui les environne
A beau les parer de ses dons,
Aux sanglans lauriers de Bellone,
Moi je préfère les dindons.

Diplomates et journalistes,
Qui publiez tous les matins,
L'un, que nous avons des carlistes,
Et l'autre, des républicains ;
Livrez-vous à la polémique,
Brodez des faits de cent façons ;
A la trompeuse politique,
Moi, je préfère les dindons.

Dormeuil, et son ami Dorlange,
Répètent dans chaque salon,
Qu'il ont de l'esprit comme un ange

Et font des vers comme Apollon.
Mais à leur mine, à leur tournure,
On voit qu'ils ne sont pas en fonds.
A ces poulets, je vous assure,
Moi, je préfère les dindons.

Pour parvenir à la fortune,
S'il ne fallait que du talent,
Tel qui fait un trou dans la lune,
Resterait toujours indigent.
Parmi ces hommes de finance
Que tous les jours nous encensons,
On en connaît plus d'un en France
Qui jadis garda les dindons.

Toujours, quand un repas commence,
On nous croit rongés de remords ;
On se gêne, et l'on fait silence
Comme au *De profundis* des morts :
Préparés par une bouteille
De Nuits, de Beaune ou de Mâcon,
Bientôt la gaîté se réveille
Lorsque l'on nous sert le dindon.

Je pourrais bien encor m'étendre
Sur un aussi vaste sujet,
Révéler à qui veut l'entendre,
Plus d'un bon mot, plus d'un secret.

Il est fort sage de me taire,
De peur d'éveiller des soupçons.
Si mes couplets n'ont pu vous plaire,
Classez-moi parmi les dindons.

## LE
# BONHEUR D'ÊTRE ÉPOUX.

Air : *Amis, voici la riante semaine.*

Vous qui par goût cherchez le mariage,
Et qui d'hymen voulez suivre les lois,
Lisez au cœur et non pas au visage,
C'est le moyen de fixer votre choix.
Sur ma chanson ne jetez point le blâme,
Goûtez-la bien, sur ce consultez-vous.
Lorsque l'on est adoré de sa femme,
Ah ! quel bonheur, quel plaisir d'être époux !

Un beau matin, je me mis dans la tête
D'être mari, de fuir le célibat ;
Mon œil bientôt me fit une conquête
Dont la beauté pour moi fut un appât.
Soir et matin je lui prouvais ma flamme,
Et ma Lisa répondait à mes goûts.
Lorsque l'on est adoré de sa femme,
Ah ! quel bonheur, quel plaisir d'être époux !

Un peu plus tard, la sombre jalousie
Vint s'emparer de ma chère moitié :
Plus de plaisir, plus de cajolerie,
La haine alors remplaça l'amitié.
La douce paix vainement je réclame,
Je n'obtiens rien qu'un injuste courroux.
Lorsque l'on est adoré de sa femme,
Ah! quel bonheur, quel plaisir d'être époux !

Ne pensez pas que cette indifférence
Ne fut l'effet que de jaloux transports :
C'était chez elle un peu de prévoyance
Pour déguiser sa faiblesse et ses torts.
Je sus depuis, ici je le proclame,
Qu'elle donnait des secrets rendez-vous.
Lorsque l'on est adoré de sa femme,
Ah! quel bonheur, quel plaisir d'être époux !

Or, écoutez : de fréquentes sorties
Vinrent bientôt éveiller mon soupçon.
Je la suivis ; jugez de ses folies,
Je la surpris dans les bras d'un dragon.
J'entre en fureur, je tempête et déclame,
Par mon rival je fus roué de coups.
Lorsque l'on est adoré de sa femme,
Ah! quel bonheur, quel plaisir d'être époux !

Le lendemain, pour comble d'infamie,
Elle rentra tout juste au point du jour ;

Lors je lui dis : Monstre de perfidie,
Le diable a-t-il provoqué ton retour ?
A ce propos, soudain la chère dame
Pour me narguer se jette à mes genoux.
Lorsque l'on est adoré de sa femme,
Ah ! quel bonheur, quel plaisir d'être époux !

Chacun croirait que le libertinage
Etait, chez elle, un défaut exclusif :
Elle jurait, cherchait le caquetage,
Son caractère était un peu rétif ;
Puis elle aimait, soit dit sans épigramme,
Grande toilette, et rubans et bijoux.
Lorsque l'on est adoré de sa femme,
Ah ! quel bonheur, quel plaisir d'être époux !

Mais la *camarde* un jour vint mettre un terme
A cette vie, éveiller des remords ;
Elle hésitait, la camarde tint ferme,
Et mon objet franchit les sombres bords.
Depuis ce temps, je concentre en mon ame
Tous les regrets d'un hymen aussi doux.
Lorsque l'on est adoré de sa femme,
Ah ! quel bonheur, quel plaisir d'être époux !

# LES BRAS CROISÉS.

*Air du Dieu des bonnes gens.*

A la gaîté livrons-nous sans contrainte,
Le noir chagrin fatigue et fait languir;
Un gros soupir, une larme, une plainte,
Ne valent pas un instant de plaisir.
Pour prolonger une vie éphémère,
Egayons-la, les intans sont comptés:
Il nous faudra, quand nous serons en terre,
      Rester les bras croisés.

Quand la beauté nous dévoile ses charmes,
Au dieu d'amour abandonnons nos cœurs:
Heureux qui peut se soumettre à ses armes,
Et, par ses soins, obtenir des faveurs !
A tous les biens, ce bien est préférable,
Pour lui, souvent, les sceptres sont brisés.
Eh ! qui pourrait, près d'une femme aimable,
      Rester les bras croisés ?

Froids orateurs, écrivains romantiques,
Vous des beaux arts ignobles novateurs;
Rois de théâtre, artistes dramatiques,
Qui vous placez au rang des bateleurs;

Ecoutez-moi ; voici ce qu'il faire :
Puisqu'au public vous vous intéressez ,
Il vaudrait mieux , si vous voulez lui plaire ,
　　Rester les bras croisés.

Dans tous les temps soulager l'infortune ;
Faire le bien avec discernement ;
Pour le prochain n'avoir point de rancune ,
De l'homme heureux voilà le sentiment.
Être inhumain envers les misérables ,
Prouve un cœur dur et des vices cachés :
On ne doit pas, pour sauver ses semblables ,
　　Rester les bras croisés.

Chez le Français, l'amour de la patrie
Elève l'ame, agrandit les pensers ;
Dans les combats s'il expose sa vie ,
Il brille encor au sein de ses foyers.
Conservez bien cette gloire immortelle ,
Nobles héros que la gloire a dotés ;
Vous ne pourriez , quand l'honneur vous appelle ,
　　Rester les bras croisés.

5

# BACCHUS
## EST TOUJOURS AVEC NOUS.

Air : *Un magistrat irréprochable.*

Envain l'impétueux Borée,
S'élançant de ses noirs états,
Vient sur la terre consternée
Répandre ses âpres frimas :
Tenant en main une bouteille,
Bravons son injuste courroux :
Si nous ne sommes sous la treille,
Bacchus est toujours avec nous.

Au sein d'une affreuse disette
De francs buveurs manquaient de pain ;
Mais une infaillible recette
S'oppose aux ordres du destin :
« Amis, dit l'un, Dieu me pardonne,
Le malheur n'est point fait pour tous ;
Car si Cérès nous abandonne,
Bacchus est toujours avec nous. »

Lorsque la fougueuse jeunesse
Nous pousse aux transports amoureux,
Bientôt une jeune maîtresse
Partage nos goûts et nos feux ;

Mais quand Saturne, sur ses traces,
Nous entraîne, pauvres époux!
Perdons-nous les faveur des grâces,
Bacchus est toujours avec nous.

Pour oublier une infidèle,
Fuir des ingrats, de faux amis;
Pour appaiser une querelle
Ou terrasser des ennemis:
Pour mépriser l'auteur qui fronde,
Les envieux et les jaloux;
Pour narguer femme qui nous gronde,
Bacchus n'est-il pas avec nous?

Amis, partageons notre vie
Entre l'amour et la gaîté;
Un seul petit grain de folie
Ne peut nuire à notre santé:
Et quand la mort qui tout dévore,
Nous accablera de ses coups,
Puissions- nous répéter encore:
Bacchus est toujours avec nous.

# CHANTONS, PLEURONS.

Air : *C'est l'eau qui nous fait boire... du vin.*

Puisque sur tous les tons
Je dois monter ma lyre,
Commençons, mais pour rire
Pleurons, pleurons, pleurons :
Si pour jouir et boire
Il nous faut des chansons,
Amis, daignez m'en croire,
Chantons, chantons, chantons.

Quand nous réfléchissons
Sur notre triste vie,
Avec philosophie
Pleurons, pleurons, pleurons :
Si le destin prospère
Nous prodigue ses dons,
Jouissons sur la terre,
Chantons, chantons, chantons.

Si par fois nous cherchons
La sombre tragédie,
Avec Iphigénie
Pleurons, pleurons, pleurons :
Quand la gaîté fertile
Nous offre ses leçons,

Avec le vaudeville
Chantons, chantons, chantons.

Lorsqu'un de nos lurons,
Trahi par la victoire,
Meurt au champ de la gloire,
Pleurons, pleurons, pleurons;
Mais si par son courage
Il fend les escadrons,
Et survit au carnage,
Chantons, chantons, chantons.

Les mortels aquilons
Froissent-ils notre vigne,
Sur ce malheur insigne
Pleurons, pleurons, pleurons;
Mais dès que le Bourgogne
Fait sauter les bondons
Et rougit notre trogne,
Chantons, chantons, chantons.

Quand nous regretterons
Les plaisirs du jeune âge,
De dépit et de rage
Pleurons, pleurons, pleurons;
Mais aux cris de la Parque,
Si nous nous ranimons,
En entrant dans la barque
Chantons, chantons, chantons.

# LE VIN.

*Air du Vaudeville des trois Fanchons.*

ou : *Je veux faire mes cascades.*

Mes amis, à cette table
Nous sommes comme les dieux;
Si ce plaisir n'est durable
Il est plus délicieux :
Dans l'ardeur qui me possède,
Si l'un de vous sert le vin,
Je crois voir un Ganimède
Versant le nectar divin.

Lorsque l'élément liquide
Vint engloutir l'univers,
Dieu fit une arche solide
Qui brava les flots des mers,
Où Noé, par sa sagesse,
Rassembla le genre humain,
Et sauva, par son adresse,
Le cep qui produit le vin.

Quand Vulcain, dans sa caverne,
Forgeait l'arme du guerrier,
Il avalait du Falerne
Pour humecter son gosier;

Bacchus, vainqueur de l'Asie,
Chantait toujours ce refrain :
Amis, il faut dans la vie
Vider son flacon de vin.

Si l'on est dans la jeunesse
On ne connaît que l'amour ;
On veut près de sa maîtresse
Passer la nuit et le jour ;
Mais dès que l'âge nous glace,
Pour réchauffer notre sein,
Le seul remède efficace
Est un bon flacon de vin.

Verrons-nous toujours Bellone
Troubler les peuples divers ?
Cédera-t-elle à Pomone
L'empire de l'univers ?
Moi, si j'étais roi sur terre,
Je bénirais mon destin,
Car je ne ferais la guerre
Qu'avec un flacon de vin.

# LE POULET.

Air : *Aux soins que je prends de ma gloire.*

Pour faire preuve de sagesse,
Chacun déguise ses défauts,
Et, pourtant, l'humaine faiblesse
N'est pas le moindre de nos maux.
Moi, qui n'ai point l'humeur chagrine,
Ni le talent d'être discret,
Je vous dirai, point ne badine,
Que je fus toujours un poulet.

Dans l'âge heureux de mon enfance,
Au milieu des jeux innocens,
Je savourais la jouissance
Qu'on goûte dans ses jeunes ans ;
Parmi mes petits camarades,
Jouant aux billes, au palet,
Je n'étais pas des plus maussades,
Mais j'étais bien le plus poulet.

Un peu plus tard je voulus plaire ;
L'amour secondait bien mon cœur ;
Mais un fait que je ne puis taire
Altéra bientôt mon bonheur :

Un rival captiva ma belle
Qui me fit prendre mon paquet.
Tout én maudissant la cruelle,
Je n'en fus pas moins un poulet.

Cependant comme, en mariage,
Les sots, les sages sont admis,
J'allai, voyez le beau présage!
Grossir le nombre des maris.
Depuis ce temps, courbant la tête,
Je suis mené par mon objet;
En vain j'évite la tempête,
Je ne suis toujours qu'un poulet.

Un jour, voulant faire le brave
Avc un grognard de Lodi,
Je lui dis d'un ton un peu grave:
Viens me trouver sur le midi.
Au rendez-vous on s'achemine;
Bientôt nous croisons le fleuret:
D'un coup il frappa ma poitrine
Et me saigna comme un poulet.

Je permets que chacun me fronde;
Mais las! soyez de bonne foi,
Ne voyez-vous pas dans le monde
D'autres imbéciles que moi?
Prêcheurs, avocats, journalistes,
Petits esprits à grands projets,

Acteurs, généraux, publicistes,
Parmi vous que de grands poulets!

Vous qui daignez, par complaisance,
Ecouter mon triste récit,
Vous n'exigerez pas, je pense,
Qu'un volatile ait de l'esprit.
Si, peu touchés de ma prière,
Vous rendiez un injuste arrêt,
N'allez pas, dans votre colère,
Me dépecer comme un poulet.

# L'ÉCRIVAIN PUBLIC.

Air : *Je loge au quatrième étage.*

J'étais las de chercher fortune
Et de maudire mon destin,
Lorsqu'une pensée opportune
Vint m'éclairer un beau matin.
Mon plan me paraissait fort sage,
Car ma bourse était ric à ric,
Et, pour me sauver du naufrage,
Je me fis *écrivain public.*

Quoique gêné dans ma bicoque
Placée au long d'un bâtiment,

Je suis, que ce mot ne vous choque,
Un être toujours important:
Pour le savoir nul ne me passe,
J'ai de la tête et de la main ;
Je ne brigue pas d'autre place,
Car mon bénéfice est certain.

Chacun voit tout à sa manière ;
Moi, soit amour, soit intérêt,
Je ne suis jamais en arrière
Quand il faut garder un secret :
Aussi chaque jour, à la file
Je vois arriver les chalans,
Et dans mon art toujours habile,
Je satisfais les plus pressans.

L'un veut que j'écrive à sa belle,
Parce, dit-il, qu'il est certain
Qu'elle est devenue infidèle
Avec Germeuil un beau matin :
« Ecrivez-lui que je renonce
A ses attraits, à son amour,
Que le serment que je prononce
Est de l'oublier sans retour. »

L'autre, dans Marton voit des charmes
Qui lui font naître le désir ;
De ses yeux il coule des larmes,
Ce sont les larmes du plaisir :

« Cher écrivain , peignez ma flamme ,
Dit-il, et tous mes sentimens ;
Dites à ma charmante dame
Ce que pour elle je ressens. »

Arrive en pompeux équipage
Un quidam mis comme un seigneur ,
Que je prendrais , à son visage ,
Pour un honnête homme en faveur :
« Hélas ! me dit le pauvre cuistre,
Le besoin me fait une loi ;
Vite ! un placet pour le ministre !
Je veux obtenir un emploi. »

Un gros lourdeau de la province
Me dit : « Monseigneur l'écriveux,
J'ai zune affair' qui n'est pas mince,
Ecrivez à mon procureux.
De d'puis deux ans il a mes pièces
Pour un bon magot qui me r'vient,
Je veux les offrir à mes nièces ,
D'mandez-lui pourquoi c'qu'il les r'tient.»

Enfin, avec un peu de zèle
Je viens à bout de mes projets :
Je sais attendrir une belle ;
Gagner ou perdre des procès ;
Pour recueillir des héritages
Correspondre avec des amis ,

Des parens, de grands personnages,
On suit toujours mes bons avis.

Voilà tous mes talens ; j'espère
Que vous ne me blàmerez pas ;
Quand on veut braver la misère
Tout métier offre des appas.
Avec de la philosophie,
Peu de chagrin, peu de plaisir,
On sait se créer dans la vie
Des ressources pour l'avenir.

# LES REGRETS.
## 1829.

Air : *Pourvu que tu n'aimes que moi.*

Serais-je comme Epiménide
Qui perdit cent ans la raison ?
Je ne revois plus d'Aristide,
De Mécènes, ni de Caton.
Chez nous, je le dis avec peine,
De tels talens n'exitent plus.
Heureux temps de Rome et d'Athène,
Hélas ! qu'êtes-vous devenus ?

Nous rentrons dans la barbarie ;
*Cinna* perd ses admirateurs ;

*Zaïre*, *OEdipe*, *Iphigénie*,
Ne peuvent émouvoir les cœurs :
Des drames de la Germanie
Nos chefs-d'œuvre se sont accrus.
Heureux temps de la TRAGÉDIE,
Hélas ! qu'êtes-vous devenus ?

Le *Tartuffe* et le *Misantrope*
Etaient du goût de nos aïeux ;
Aujourd'hui le bon genre clope,
On le détruit à qui mieux mieux ;
Les nouveaux soutiens de Thalie
N'offrent que des traits décousus.
Heureux temps de la COMÉDIE,
Hélas ! qu'êtes-vous devenus ?

David, Girodet, Michel Ange,
Vous que les dieux ont inspirés,
Apprenez qu'une secte étrange
Méconnait vos noms révérés.
On n'imite plus la nature,
Le vrai paraît être un abus.
Trop heureux temps de la PEINTURE,
Hélas ! qu'êtes-vous devenus ?

Dans les concerts, comme au théâtre,
Quel bruit affreux se fait ouïr !
Le tambour fait le diable à quatre,
La trompette nous fait mourir.

Plus de sévère didactique,
On ne tend qu'à faire chorus.
Trop heureux temps de la MUSIQUE,
Hélas! qu'êtes-vous devenus?

Pour encourager le mérite
On créa le corps des savans,
Et le beau titre d'émérite
Ne s'offrait pas à tous venans :
Maintenant on cabale, on crie,
Les suffrages sont obtenus.
Heureux temps de l'ACADÉMIE,
Hélas! qu'êtes-vous devenus?

Les arts sont livrés à l'intrigue,
Tout en voulant faire le bien;
Hé! sera-t-on toujours prodigue
Pour des hommes qui ne font rien?
On épuise ainsi la patrie
En cumulant les revenus.
Heureux temps de l'ECONOMIE,
Hélas! qu'êtes-vous devenus?

Tout est transformé sur la terre,
L'homme à l'homme veut commander,
La discorde à la tête altière
Renverse ou veut tout ébranler :
Dans ce désordre, on préconise
Les sots, les fourbes, les intrus.

Trop heureux temps de la FRANCHISE,
Hélas ! qu'êtes-vous devenus ?

~~~~~~~~~~~~~~~~~~~~~~~~~~~~~~~~~~~~~~~~~~

# ON L'AIME ENCORE.

Air : *Sur un tonneau , sur un tonneau.*

Veut-on faire choix d'une amante
Sous les auspices de l'amour ?
On lui jure amitié constante ,
Dont on est payé de retour ;
Mais si , devenant infidèle ,
L'ingrate prend un autre essor,
En renonçant à la cruelle ,
On l'aime encor *(bis).*

Une importune maladie
Ravit-elle jusqu'aux désirs ,
Il faut avec philosophie ,
Dit-on , renoncer aux plaisirs ;
Mais comment perdre la mémoire
Du vin , délicieux trésor ?
Quand on promet de n'en plus boire ,
On l'aime encor.

O toi qui seras toujours chère ,
Amitié , charme des mortels ,

Trop heureux qui peut, sur la terre,
Encenser tes divins autels !
La mort a beau se faire entendre
Et nous traîner au sombre bord,
Ah ! quand on perd un ami tendre
On l'aime encor.

En plaintes notre siècle abonde,
Chacun médit de son état ;
L'homme, sur la scène du monde,
Veut briller d'un certain éclat ;
Malgré cette importune envie,
Pauvre ou riche on arrive au port ;
Et lorsqu'il faut quitter la vie,
On l'aime encor.

Auteurs qui recherchez la gloire
Que le seul talent sait donner,
Voulez-vous marquer dans l'histoire ?
Dans vos écrits il faut charmer.
Toi qui vivras dans tous les âges,
Dont la muse est toujours d'accord,
Heureux Panard, par tes ouvrages
On t'aime encor.

# LES DIVERS AGES

## DE L'HOMME HEUREUX.

*Air du Baiser du matin.*

J'étais heureux dans ces jours d'innocence
Où notre esprit, guidé par le plaisir,
Se livre aux jeux de la timide enfance,
Sans calculer s'il est un avenir.

J'étais heureux, quand aux bancs de l'école
On souriait à mes naissans travaux,
Ou, commentant Cicéron et Barthole,
Je l'emportais sur mes jeunes rivaux.

J'étais heureux, lorsqu'au sein de Clélie
J'osais placer la rose et le muguet,
Ou quand, parfois, à sa bouche jolie
Je dérobais un baiser en secret.

J'étais heureux, quand formé pour la guerre
Je me trouvais au rang des grenadiers
Dont la valeur fit tressaillir la terre
Et l'épuisa de ses plus beaux lauriers.

J'étais heureux, quand le doux hyménée
Vint à son tour me ranger sous ses lois,
Et, par faveur, joindre à ma destinée
Un trésor digne et des dieux et des rois.

J'étais heureux..... mais je le suis encore :
Pour vivre en paix dans mon petit hameau ,
J'ai ce qu'il faut, fils , femme que j'adore ,
Quelques auteurs , le vin de mon caveau.

## NE REMETTONS RIEN A DEMAIN.

Air : *Depuis long-temps j'aimais Adèle.*

Il faut avec philosophie
Savoir profiter du présent ;
Le temps emporte notre vie,
Livrons-nous à notre penchant.
Ne comptons pas sur l'Espérance,
Qui souvent nous laisse en chemin.
Pour bien jouir , prenons l'avance :
Ne remettons rien à demain.

Si le hasard nous favorise ,
Ou si l'amour comble nos vœux ,
Alors, dans les beaux yeux de Lise ,
Cherchons si nous serons heureux.
Regard tendre, douce parole ,
Sauront nous convaincre soudain.
Pour que le plaisir ne s'envole ,
Ne remettons rien à demain.

Dieu créa, pour peupler la terre,
Des malheureux, des opulens ;
Mais nous devons à la misère
Donner les soins les plus touchans.
De Dieu goûtons la parabole
D'être charitable au prochain.
Aux pauvres donnons une obole,
Et n'attendons pas à demain.

Si l'intrigant, par caractère,
Cherche à tromper le genre humain ;
Si l'homme à la voix mensongère
Dénigre son meilleur voisin ;
Pour les corriger d'un tel vice,
Voici le remède certain :
A l'instant faisons-en justice ;
Ne remettons rien à demain.

Lorsque le plaisir nous rassemble
Entre les verres et les plats,
La folie, à ce qu'il me semble,
Doit présider à ce repas.
Pour que le vin fasse merveille,
Mes chers amis, versez tout plein :
Vidons la dernière bouteille ;
Ne remettons rien à demain.

# LE DESTIN D'UN GRAND HOMME.

Air : *Muses des bois et des accords champêtres.*

Né loin des cours, lui seul fonda sa gloire ;
Au monde entier il sut dicter des lois ;
Par son génie il fixait la victoire ,
Ou s'asseyait au trône de nos rois :
Lors au conseil il montra sa prudence ;
Et le héros, trahi par le destin ,
Obéissant au cri de la vengeance ,
N'eut pour tombeau qu'un rivage lointain.

# CONSEIL

### A CEUX QUI EN ONT BESOIN.

### Air : *Voilà la manière.*

D'une humeur badine
Chasser le chagrin ;
Chérir sa voisine ,
Aimer son voisin ;
Fuir avec horreur
L'astuce fourbe et mensongère ;

Aux lois de l'honneur
Assujétir sa vie entière;
Et, dans le mystère,
Soigner ses amours,
Voilà la manière
De plaire toujours.

Aux champs de Bellone
Braver le danger,
Quand le canon tonne
Ne jamais broncher;
Tenir avec soin,
Franchir un mont, une rivière;
Savoir au besoin
Être prudent ou téméraire;
Coucher sur la terre
Les nuits et les jours:
Voilà la manière
De vaincre toujours.

Sitôt que Pomone
Mûrit le raisin,
Au fond de la tonne
Préparer le vin;
Puis dans le caveau
Transporter ce jus salutaire;
Sortant du tonneau
Le comprimer entre le verre;

De son ordinaire
Bien régler le cours,
Voilà la manière
De boire toujours.

Marcher sur la trace
De nos grands auteurs ;
Ecrire avec grâce,
Charmer les lecteurs ;
Du bon et du beau
Maintenir la règle première,
Imiter Boileau,
Racine, Voltaire ou Molière ;
Être un peu sévère,
Sage en ses discours,
Voilà la manière
De briller toujours.

## LE M<sup>d</sup> DE CORDONS.

Air : *On dit que je suis sans malice.*

On voulait m' fair' fair' mes études
Afin de m'rendre un peu savant,
Mais de mauvaises habitudes
Firent que j'restai zignorant.
Mon père m'dit un jour : « Grand'bête,

Pisque t'as oublié tes l'çons,
J'ai zun bon projet dans la tête,
J'veux t'établir marchand d'cordons.

Depuis c'temps-là j'suis en boutique,
Mes affair's vont assez grand train ;
De tenir du bon je me pique,
C'est c'qui tourmente mon voisin :
Je n'suis pourtant jaloux d'personne,
Mais comm' chacun veut prospérer,
Je tâch' toujours d'être à la bonne
Avec qui vient pour m'acheter.

De plus de cent lieues à la ronde
Accourent chez moi l'samateurs ;
J'ai de quoi contenter tout l'monde
Pour les qualités, les couleurs ;
Bien peu comm' moi, sur ma parole,
Satisfont et l'goût et l'désir ;
J'tir' profit d'la mod'qui s'envole
Et j'prévois celle qui doit v'nir.

Je vends fort cher à la coquette
Qui fait rançonner d'gros seigneurs,
Et quelquefois à la grisette
Pour rien je cède mes *faveurs* ;
Mais ennemi de la lésine
Qui fait peur au p'tit Cupidon,

Pour plaire à ma belle voisine
J'lui prête souvent mon cordon.

Comm'tout hausse ou tombe sur terre,
Principal'ment chez l'genre humain,
Que tout s'dilate ou se resserre
Selon les arrêts du destin,
Une prude dans la vieillesse,
Et qui s'croit encore un tendron,
Pour sout'nir sa gorge qui baisse
A par fois besoin d'un cordon.

Pour mettre en branle une sonnette,
Ouvrir la porte à tout venant,
Ceindre les reins d'une nonnette
Ou d'un franciscain nonchalant;
Pour décorer une Eminence,
Des généraux de grands renoms,
On vient chez moi de préférence
Fair' des emplètes de cordons.

Peu jaloux d'un' gloire importune,
Quant à moi, je ne prétends pas
A certain ruban qu'la fortune
Accorde à nos braves soldats;
Je suis peureux par caractère,
Aussi je n'veux d'autre cordon
Que celui qui tient, d'ma bergère,
Ou le corset ou le jupon.

Je ne vas plus loin, de crainte
De trébucher, et puis encor,
Trahissant un peu ma contrainte,
D'vous dir' tout mon confiteor.
Exercez votre ton sévère
Tant qu'vous voudrez sur ma chanson ;
Mais pour Dieu, dans votre colère,
Ne m'envoyez pas le cordon.

# CHAQUE AGE A SES PLAISIRS,

## ou

## LE VIEILLARD PHILOSOPHE.

Air : *Prenons d'abord l'air bien méchant.*

Accablé du fardeau des ans,
J'étais plongé dans la tristesse,
De voir sur les ailes du temps
S'envoler ma folle jeunesse ;
Silène vint me consoler :
Bois, me dit-il, tu peux m'en croire ;
Jeune, on sent le besoin d'aimer,
Vieux, on sent le besoin de boire.

Depuis ce tems plus de soucis,
D'humeur ni de mélancolie,

Et je sais faire mes profits
D'une sage philosophie.
Heureux qui sait ainsi charmer
L'âge où l'homme perd la mémoire !
Jeune alors, s'il savait aimer,
Vieux, il sent le besoin de boire.

Voyez-vous ce jeune héros
Que l'honneur sous ses lois engage ?
Il va, par d'illustres travaux,
Signaler son bouillant courage :
Vif en amour, brave au danger,
Il a deux titres à la gloire ;
Si dans la paix il sait aimer,
En guerre il sait combattre et boire.

L'homme réglé dans ses désirs
Ne contraint jamais la nature ;
Ni les chagrins, ni les plaisirs
Ne changent sa constante allure.
Comme lui sachons profiter
Avant de passer l'onde noire ;
Quand on est jeune il faut aimer,
Lorsque l'on est vieux il faut boire.

# LA RAISON.

### Air du Petit Matelot.

Un mot que tout le monde vante,
Dont se moquent beaucoup de gens,
Et dont l'acception constante
Exprime toujours le *bons sens*;
Un mot qui sert à la sagesse
Pour donner sa docte leçon;
Un mot qui fait fuir la jeunesse,
Mes chers amis, c'est la *raison*.

Si le destin peu charitable
Nous prive de la liberté,
Dans un cachot épouvantable
Nous éprouvons l'adversité;
Mais las d'une plainte importune,
En fredonnant une chanson,
Nous oublions notre infortune
Entre les bras de la *raison*.

Quand le besoin d'aimer, de plaire,
Exalte notre amour naissant,
Alors le cœur ne peut se taire,
Il a besoin d'épanchement:
Timide, en voyant notre amante,
Nous éprouvons certain frisson,

Car, près d'une femme charmante
Est-on maître de sa *raison?*

Basile, dans le mariage
Croyait trouver le vrai bonheur ;
Il sut que sa femme volage
Manquait très souvent à l'honneur :
Pour surprendre son infidèle
Il se fourra dans la cloison ;
Que vit-il? il vit la cruelle
Avec Luc perdant la *raison.*

Envain un auteur à la glace,
Des muses chétif avorton,
Voudrait arriver au Parnasse
En débit du docte Apollon,
Sur tous les genres il s'escrime,
Et n'y fait pas tant de façon ;
Mais s'il trouve par fois la rime,
C'est aux dépens de la *raison.*

Sur ce mot s'il fallait m'étendre
Je ne finirais pas, je crois ;
Pourtant, lorsqu'on veut bien s'entendre,
Il faut s'en servir quelquefois :
Dans le commerce, en politique,
En tous lieux, en toute saison,
Contre l'insolent, le critique,
Employons toujours la *raison.*

# BUVONS TOUJOURS.

Air : *Ça va bon train.*

Puisqu'il faut qu'ici chacun chante
Ou la folie ou la raison ,
Permettez que je vous présente
    Une chanson :
Malgré les défauts que j'évite ,
Si mes couplets sont à rebours ,
Pour les faire passer bien vite
    Buvons toujours.

Dans l'âge heureux de la jeunesse ,
Et du bonheur et du plaisir ,
Possédons-nous une maîtresse ;
    Il faut jouir :
Mais lorsqu'aux lois de l'inconstance
Elle assujétit les amours ,
Pour narguer son indifférence
    Buvons toujours.

Si le verseau sur notre vigne
Répand son torrent destructeur ,
Ou l'aquilon , d'un souffle indigne ,
    Froisse sa fleur ;

Malgré ce funeste prélude,
Aux plaisirs ne soyons point sourds,
En attendant, par habitude,
    Buvons toujours.

On sait qu'il est assez d'usage
Qu'un docteur défende le vin;
Mais servons-nous de ce breuvage
    Jusqu'à la fin:
Si pour combattre notre bile,
Aux tisannes il a recours,
Ne faisons pas le difficile,
    Buvons toujours.

Si pour nous la gloire a des charmes,
Admirons ces vaillains guerriers
Qui moissonnèrent par leurs armes
    Tous les lauriers.
Du génie et de la vaillance
Rien ne peut arrêter le cours;
Aux arts, au bonheur de la France
    Buvons toujours.

# A MON PÈRE.

Air : *C'est à mon maître en l'art de plaire.*

Je veux, en style de grammaire,
Vous prouver qu'il est *positif*,
Que mon cœur, brûlant de vous plaire,
Vous chérit au *superlatif*:
Pour l'amitié que je vous porte
Il n'est point de *comparatif*;
Car, toujours soumis, je m'exhorte
A suivre votre *impératif*.

Ne craignez pas que ce langage
Envers vous devienne *passif*;
A mon cœur toujours votre image
Se joindra par le *conjonctif*:
Fier de garder votre tendresse,
Je souhaite, à l'*affirmatif*,
Que vos jours, exempts de tristesse,
S'écoulent à l'*infinitif*.

# LA VIE
# DE M. MAYEUX
## LE BOSSU.

*Avertissement.* Beaucoup de personnes ont entendu parler de M. Mayeux, mais bien peu connaissent sa naissance, sa vocation, ses emplois, ses tribulations ; il n'est connu jusqu'ici que par les caricatures, les articles de journaux, les brochures, les colibets lancés contre lui. Las enfin de se voir bafoué par tout le monde, il vient de faire des révélations importantes sur sa vie, qui mettront le public à même de connaître ce personnage mystérieux. Quant à moi, je n'ai d'autre mérite que de les avoir recueillies et de les mettre en couplets. C'est M. Mayeux qui parle.

Air : *Depuis long-temps on tambourine.*

J'prends ma plume et mon écritoire
Pour vous retracer en deux mots,
Non un roman, mais une histoire
Dont j'suis le principal héros.

J'vous la cont'rai sans plus d'mystère,
Car j'aime en tout la liberté :
Je n'suis pas comm' les grands d'la terre
Qui n'disent jamais la vérité.

J'naquis au pays de Nivelle
Dans le mois de mars mil huit cent,
D'un pèr' droit comme une chandelle,
D'un' mèr' d'un bon tempérament.
J'étais alors beau comme un ange,
Rougeaud, assez bien conformé,
Tenu proprement dans un lange,
Du moins à c'que j'fus informé.

Mais une funeste aventure
Affligea mes pauvre parens ;
Ma beauté, ma noble encolure
Disparurent en peu d'instans ;
Car une nuit, par pétulance,
Je m'élançai de mon berceau,
Bientôt une protubérance
Me donna l'aspect d'un chameau.

Un docteur de grande science
Fut appelé pour me guérir ;
Sa tenace persévérance
Ne put jamais y parvenir.
On espérait que la nature
Ferait plus que la Faculté ;

Malgré ce favorable augure,
Mon dos resta toujours voûté.

Quand mon pèr' vit qu' j'étais en âge
D'apprendre et français et latin,
Il me plaça, dans un village,
Chez un bon frère ignorantin.
Je fis des progrès si rapides,
Qu'en moins d'un mois, à la Chand'leur,
Malgré mes manières timides,
J'fus au nombre des enfans d' chœur.

Dès lors j'assistais aux offices,
En apparence par amour;
Et je recueillais les prémices
De c'qu'on voulait que j'fisse un jour.
Mais chacun sait que la jeunesse
Se plaît assez au changement;
V'là qu'un beau matin je m'empresse
De décamper d'mon logement.

A quinze ans on est bien novice,
Pour moi, je devançais le temps;
Avec l'homme j'entrais en lice.
Le siècle a grandi les enfans.
Un projet était dans ma tête,
De moi seul je prends les avis;
Bientôt, sans tambour ni trompette,
Je me dirige sur Paris.

J'arrive dans la capitale,
Son aspect frappe mes regards :
« Cité qui n'as point de rivale,
Trois fois salut à tes remparts !
Dans ton sein je pourrai, j'espère,
Déployer mes jeunes talens ;
Et conserver, loin de mon père,
Mes vertus et mes sentimens. »

Pourtant, malgré ma prévoyance
Je ne possédais plus d'argent,
Mais je n'perdais pas l'espérance
De rencontrer un bon vivant.
Je m'souvins, d'un' manièr' confuse,
De l'adresse de mon cousin,
Qui vendait du blanc de céruse
Près de la porte Saint-Martin.

Je m'présente avec assurance ;
Mon cousin n'me r'connaissait point ;
Mais je vainquis sa répugnance,
Il me revêtit d'un pourpoint ;
Puis, dans une chambre voisine
Que jadis son fils habita,
Avec bon lit, bonne cuisine,
Commodément il me logea.

J'savais un peu d'arithmétique,
Mon cousin m'mit chez un toiseur ;

Par mon zèle et par ma tactique
Je devins vérificateur.
C't'emploi pour moi fut le Pactole,
Je grossissais mon boursicot;
Avec de l'or, sur ma parole,
Je n'me croyais plus un magot.

Au fait, ne peut-on, dans la vie,
Avoir un peu de dignité,
Quand la colon' dorsal' dévie
Et produit une sommité?
L'histoire dit qu'à l'apparence
On n'doit pas juger un grand cœur,
Puisque Luxembourg de la France
Fut le plus ferme défenseur.

Esope, au sein de la Phrygie,
Obtint des succès éclatans;
On admire encor son génie
Dans ses opologues charmans.
Chez nous, la chose est bien publique,
Un bossu parvint aux honneurs;
Il était de la république
Au nombre des cinq directeurs.

Sans me flatter d'être un grand homme,
Je puis aussi parler de moi:
Chacun d'mes lecteurs va voir comme
J'suis un bossu de bon aloi.

J'pouvais chez moi rester tranquille
Comme tant de gens bien bâtis,
Lorsque juillet vit dans la ville
Le plus grand des charivaris.

Partout on parlait d'l'ordonnance
Rendue au nom de Charles-dix;
On disait que l'honneur d'la France
Dès ce jour était compromis.
De tous côtés on court aux armes,
La liberté conduit nos preux;
Moi qui ne crains pas les alarmes,
Je vais me ranger avec eux.

Placé près d'une barricade,
J'excitais mes fiers compagnons:
Déterminés à l'escalade;
En deux temps nous la franchissons.
A travers le feu, la mitraille,
Nous portons des coups inouis,
Et couvrons le champ de bataille
D'un bon nombre des ennemis.

L'affair' n'était point terminée,
Le lend'main je r'prends mon essor;
Je veux employer ma journée;
Nom de D..., faut q'j'en tue encor.
Je me battis si bien, qu'en somme
Je vins à bout de mon projet;

Car j'abattais toujours un homme
Chaqu' fois que j'tirais mon mousquet.

L'corps bourgeois, dont j'suis susceptible,
N'veut pas m'admettre dans ses rangs;
Foi d'Mayeux, c't affront m'est sensible,
Car les petits val'nt bien les grands.
C't injustice ne me rebute,
Je n'en ai pas moins de valeur;
S'il fallait r'commencer la lutte,
On verrait qu' j'ai toujours du cœur.

Une critique saugrenue
Me fait passer pour un benêt,
Et tous les matins la cohue
Vient me narguer chez Martinet;
Mais s'il fallait, sans trop d'outrages,
Redire à chacun ses péchés,
Hélas! que de beaux personnages
Mériteraient d'être affichés.

En vain on me ridiculise,
L'histoire est là pour me venger;
Mon caractère et ma franchise
Me feront toujours admirer.
Je n'irai point, par ma faconde,
Mendier les biens, les honneurs;
Je laisse aux intrigans du monde
Le soin d'obtenir des faveurs.

# CONSEIL D'UN PARASITE
## A SES ENFANS.

Air : *Hé! ma mère, est-ce que j'sais ça.*

Un parasite implacable
A ses fils disait souvent :
Si nous sommes à ma table,
Amis, ne mangeons pas tant.
Pour devenir mes apôtres,
Ecoutez bien ces leçons :
Quand nous sommes chez les autres,
Sans gêne mangeons, buvons.

# COUPLET A M. F***,

## VOLTIGEUR DE LA GARDE NATIONALE,

### EN LUI PRÉSENTANT UN GRENADIER LE JOUR DE SA FÊTE.

*Air de la Famille de l'Apothicaire.*

De cette fleur si j'ai fait choix,
C'est que son emblême intéresse,
Et qu'elle est bien digne, je crois,
D'être donnée à la sagesse.
Dans les cités, au champ d'honneur,
Dans les lieux où la valeur veille,
Le GRENADIER, le VOLTIGEUR,
Dans tous les temps ont fait merveille.

# LE TAMBOURIN.

### Air du Petit Matelot.

Amis, que la sombre tristessé
Céde le pas à la gaîté ;
La gaîté chasse la paresse,
Elle entretient notre santé.
Oublions nos maux, notre peine,
Ne nous livrons pas au chagrin ;
Rions, chantons, formons la chaîne
Au son du joyeux tambourin.

Je vois là-bas dans la prairie
Accourir les bons villagois ;
Les garçons, avec leur amie,
Sautent, plus heureux que des rois ;
On se range, et bientôt la danse
Est ouverte par le crin-crin,
En avant deux.... on se balance
Au son du joyeux tambourin.

Je hais l'orgueilleuse musique
Qui fait retentir le salon,
Et dont l'accord trop méthodique
Ne plait qu'à la froide raison :

Dans nos hameaux, dans nos chaumières
L'art veut pénétrer, mais envain ;
Il ne faut, pour plaire aux bergères,
Que la flûte et le tambourin.

Le guerrier veut-il de la gloire
Acquérir le brillant amour?
Il marche droit à la victoire
Aux coups redoublés du tambour ;
Mais si la paix, prudente et sage,
Arrête son heureux destin,
Pour les plaisirs, après l'orage,
Le tambour devient tambourin.

Eh ! que ferions-nous sur la terre,
Livrés aux chagrins, à l'ennui ?
De l'homme gai que je préfère,
Jamais le vrai bonheur n'a fui.
Loin de nous les sombres pensées,
Jouissons d'un plaisir sans fin ;
Et puissions-nous, dans vingt années,
Entendre encor le tambourin.

# TABLE

## DES CHANSONS.

---

Chartres, Imprimerie de GARNIER fils.